凝望時光

栞川詩集

徘徊花間　攬住時光
——讀琹川詩集《凝望時光》

莫　渝

　　1990年初秋的10月，收到《琹川詩集》，大概是因為《秋水》詩友的緣故，留存清晰的印象是詩壇上有位深懂花藝與鳥禽的高中教師。之後，每隔數年，都意外驚喜地接獲及拜讀她的新書：《飲風之蝶》、《在時間底蚌殼裡》、《琹川短詩選》、《風之翼》等。閱讀的機會多，互動與聚會晤談卻甚少，近乎淡淡如水。

　　2001年，有個時機，我編輯《薔薇不知——台灣情詩選》，挑選了她兩首詩〈相思〉與〈深情篇〉。

相　思

是在青脆的心葉上
養一隻蠶
然後
享受那種溫柔的蝕痛

或者午后多風的夢土

織一面網

守候

穿越時光的翅音紛紛撲入

　　詩，可長可短，情卻纏綣纏綿如絲、如思。相思或思
念的出現，必是雙方移位，一動一靜。羅蘭・巴特《戀人
絮語》裡「相思」一詞，即指缺席者（L'Absent），因為一
方不在，才萌現「思」。在這詞條，羅蘭・巴特說「對方
離開了，我留下了。對方永遠不在身邊，處在流離的過程
中……我——熱戀中的我——又注定了得守株待兔，不能動
彈，被釘在原處，充滿期冀，又忐忑不安——像火車站某個
被人遺忘角落裡的包裹。」羅蘭・巴特的意思應該是雙方有
空間的遠隔，才「訴」衷曲，才有「思」念。為此，他認定
「思念遠離的情人是單向的」。中文「相思」的「相」是指
彼此，語意帶「雙方」互有思念。因而，相思可以是單方
的「思」，也可以是遠隔的雙方「互訴」、「對語」想你
（妳），這都是隔離造成心靈的「痛」，詩人說（自己養
的）蠱蝕（自己的）青脆心葉。思之苦，的確是個己單方面
的承擔、品嘗與咀嚼，自甘自願承受「溫柔的蝕痛」；自甘
自願，更是靜靜守候，等待。中文的「相」思，還帶有期待

與對方共有同時同樣的感受：我想你，你也該想我。將抽象的相思，化為「穿越時光的翅音」，無形無體的思念，可以是「翅音」，翅翼拍動的聲音，只要對方感受到，也只為對方振音。這意象的組合：蠶蝕＋翅音，絕妙，是神來之筆！

〈深情篇〉裡：「緊握玫瑰的尖刺／此時我們以血相濡／芬芳裡有著末世的悲苦」這已是苦戀的正果了。

因為情真，詩語貼切，讓詩有著咀嚼反芻的空間。

晚近一冊詩集2007年的《風之翼》，曾留下這樣的閱讀心得：

風之翼，看不見的風，究竟有什麼樣的翅膀，負載詩人遠翔呢？究竟詩人要乘「風之翼」，前往何方？前世紀，女詩人迷戀「飲風之蝶」；新世紀，女詩人再次談「風」，想告訴我們什麼？「守著一座夢的廢墟／或者再造一片松綠」（頁99）？

原來，「風」，就是詩，就是情，作者託風將寫好的情愛詩、親情詩、心情詩，傳達給讀她的詩的人。這冊新詩集，內文60首詩分五卷：瓶中詩、一個人的風景、印象抒情、短歌行（2組小詩的集合）、希望・飛行；除文字書寫，作者有攝影油畫的興趣，

前一詩集《飲風之蝶》即詩與攝影合集，本書為詩畫合集，但比例上，作者還是以「詩」為主。雋永的詩，細膩的情，如讚美母性：「從綠春走到金秋／從孩子走到母親／四周流動的光影韻致引人神馳／一個人的天空　格外遼闊」（頁54）；情愛互許：「你是敬亭　我是青蓮／你遂如一尾蛇／從此蜿蜒盤踞我的心窩」（頁102）；理想或夢的追索：「穿過歲月的花朵與衰亡／逐漸感知／通往繁星的方向／在宇宙深邃而廣袤的盡頭／你看到那溫暖而永恆的光芒嗎？」（頁73）；「夢，是隻九命貓／在廢墟中獨自舔著傷／深邃的藍眸閃著綠色的光」（頁128）。

原來，詩可以輕盈如夢，輕巧如蝶。不必然在魔幻的漩渦打轉。

讀琹川詩，輕巧如蝶，輕盈如夢。夢、蝶、花、鳥，都是詩人因「詩」吸納後折射出來的光芒。當中，花，獨屬詩人的最愛。沒問過，也無需提問。深懂花藝的女子自然與花有難解之緣。

如今，她整理新的詩集《凝望時光》一樣滿園花色。書分四卷，略述如下。

卷一「缽之華」，有17首，是雋永短詩，最長僅13行。

首篇〈缽之華〉開啟「人」如何安定塵寰裡的位置。

缽之華

你從季節的深處走來
輕輕拂去髮上的殘雪
眉眼盡處　一片青蕪
貼近時我聽見
淙淙的水聲正漫向四野

意象的花朵繽紛盛開
在清淨河畔
你拈花　或者我拈花
都在三千世界的缽中
微笑

　　嘗試先解題，缽，通常指陶製圓形開口的容器，使用缽者，常與佛禪連結，也與為此延伸的藝術品賞有關。在此詩裡，缽，不只現實裡容器的缽，而是「三千世界的缽」，三千世界，也是佛教用語，泛指宇宙，本詩或言世界、寰宇、人間、塵世。歲月輪替，冬去春來；春來，你現身：

「你從季節的深處走來／輕輕拂去髮上的殘雪」。你，沒有明確身分，也許是詩人好友、心儀者，也許是讀者，也可能是尊者釋迦牟尼佛。當「你」貼近時，「淙淙的水聲正漫向四野」，報知春水潺潺，春天降臨的訊息。第二段，是衍繹「世尊在靈山會上，拈花示眾。是時眾皆默然，唯迦葉尊者破顏微笑。」從而引出云云眾生在世的態度。因有第一段的「接觸」，引發第二段的心領意會。只有彼此默契，心心相印，世間才能獲致和諧。詩題〈缽之華〉，言大千世界裡平等平靜的心和自然宇宙間的冥合或融會貫通。「缽」的意象，也出現在〈天河的蓮〉：「小小一缽世界／卻見上下穹蒼三千宇宙」。兩首詩的情境可以互讀。

本輯最末首〈翠微朵集〉含12首的組詩。編號1的起筆「穿過薄暮而來／肩上仍殘留著陽光的氣味」，似乎呼應著〈缽之華〉的起筆兩行詩句。

卷二「桐花夢境」有15首，較偏向自然抒情的書寫。〈迴〉詩是山居生活記錄。不自說，取兩種他物，一動一靜，設身代言，達成預定效果。「風中飛行的一片葉子」瞬息落地，卻「俯瞰深諡山谷」「仰眺遼闊星空」，視野何等遼闊！

「花間的一只蛹」如何在「無邊黝靜」等候「破蛹而出」的蛻變！山居，「時空裡的一個點」，點，可以舒展；

「天地間的一滴清露」，飽滿的清露，可以沉潛；這樣適意的山居歲月，令人欽羨。清露的意象，也出現〈中秋〉詩「低頭望見自己如一滴水珠盤坐／而黑暗　只及於身之外」。詩題「迴」，似乎意喻「迴盪天地間」的靈氣，都會城鎮不具這氣氛形成的條件，只有山林、高山澗谷等寬闊空間容許靈氣對流迴盪。

　　卷三「凝望時光」有15首。較具心象思維的描繪。先看〈挖掘〉乙詩：

挖　掘

向時光深處挖掘
翻出了那一年的蟬聲
你容顏佈滿了樹的笑靨
串串金雨無邊飄飛
阿勃勒　乘風的身影
在我空蕩的指間穿梭

向歲月的曠野挖掘
不斷翻出的字字句句
在耳畔輕柔低語

深埋土底的花花葉葉

蒲公英　流浪的足跡

在我回憶的指間甦醒

向無常的心原挖掘

珍藏的雪月風花

原是來去雲影生滅朝露

舟行水上拍舷的波痕

青蓮花　瑩澈的話語

在我伸出的指間閃爍

　　嚴格講，三段各6行詩句，填詞套句似的書寫，詩藝平常，甚或平淡，純是自剖，也算宣示，自我的一席告白。詩題「挖掘」，前兩段「挖掘」，其實是回憶、追憶、追記，如法國普魯斯特（Marcel Proust, 1871~1922）名著《追憶逝水年華》（尋回逝去的歲月、追尋逝去的時光）。從「時光」，從「歲月」覓得曾經的自己。第三次「向無常的心原挖掘」，覓得「瑩澈的話語」，瑩澈，透明坦然，意思無愧無悔。作者自言「2009年開始學習佛法，因此這本詩集裡難免不自覺加入了許多佛法思維在裡面，如：無常，或生命是無限的，人恆在無始無終的生命長河中流轉……」，本詩第

三段，向無常的心原挖掘，期盼「瑩澈的話語／在我伸出的指間閃爍」，應是聽聞之後參透的「慧覺」吧！類似這樣學思的融會歷程，可以在本輯的幾首詩獲得印證，如「影子隱入秋天的邊陲／黑暗縫隙裡有微光透出／也飄來遠方的風雪／禪坐在十一月的枝梢／寒鴉　冷眼一切」（詩〈十一月〉），光影的移位，隱隱呈現令人屏息的禪機。「在歲月深暗的皺紋裡／山山水水的波折中／或許能有一抹／雲淡風輕的微笑當註腳」（詩〈過程〉），一抹微笑，即是「拈花微笑」的延續。還有〈窗景〉詩第二段：「千百回的花季過後／我仍在這裡／咀嚼今生的風景／看潺潺水流紋身」，紅塵的惜愛，人間的珍寶，都因為你我，「我仍在這裡」表露詩人並未拋離現實，她的詩，靈巧但並非不食人間煙火。前引〈迴〉詩的結尾：「破蛹而出舒放的翅膀／佇立清晨微啟的瓣尖上／採集花香如甘露／這裡那裡　遍灑大地——」，這裡那裡，就是詩人及每個人現實生活裡的實景實地。

　　詩壇上，習慣稱周夢蝶為「詩僧」，因他的詩含納了甚多佛禪等僧侶之道。如果細讀本輯〈問〉與〈蟬〉二詩，棻川也有個己獨特琢磨的情境。〈問〉詩的咄咄語氣：「山越走越深瑟瑟寂寂／水越流越遠茫茫蒼蒼」，前三段連三問重疊複沓詞的「蟬聲蟬聲能唱到幾時」、「黑蝶黑蝶找尋花心的芬芳」、「露珠露珠千眼閃爍」，末段的自問（自答）

方式，意喻詩人求「真」的迫切。「蟬」「禪」音同字似，更具適度比擬。蟬「端坐在綠浪之上／引吭」幾番轉折後，落在「綠濤深處」，結束一生，這樣的生命，有何意義，有何哲理？詩人沒有說出答案，「這又是第幾度的蛻殼／端坐在芸芸眾滔之上」，藉蟬寓禪，「芸芸眾滔」不就是「芸芸眾生」？「人」生未必高於「蟬」生，或者「蟬」生就是「人」生。詩人不說「佛」理，「佛」理自在詩中。

詩人在聽歌賞畫之餘，留下深刻印象，轉化成詩，〈蝴蝶夢境〉因「觀Sigitas Staniunas畫展Chi Butterflies有感」而作；聽歌，則有〈聽思容在唱歌〉：

聽思容在唱歌

那眉　從容飛翔的雙翼
在輕覆與揚起之間
挑動著生命諸多悲喜

那眼　越過世界的繁華喧鬧
凝住在故園素樸的月色裡
握住了一把鑰匙　開啟

蟄伏身體與靈魂中的音符
紛紛自深亮的窗口飛出

於是　那容顏呀
流映千古悠悠的雲彩
波動歲月深謐的細潮
自轉成一個豐美引人的小宇宙

曼陀鈴找到了唱遊詩人
旅行的口琴找到他的篝火
青春吉他找到自己的脈動
而她在她的歌聲裡行走

走入大地溫暖的心懷
走出一座茂鬱的花園
時空的共鳴箱旋出自由之風
親吻甦醒的清露
所有花朵擁著她的影子起舞

　　思容，即羅思容，笠詩社前輩詩人羅浪的女兒，在藝文
界身兼數職：寫詩、畫畫、作曲及歌者，多次客語作曲獎得

徘徊花間　攬住時光──讚琹川詩集《凝望時光》

主。一位寫唱俱佳的全能歌手，論者稱其嗓音得天獨厚，清澈透亮，揉帶古遠的「巫」的氣質，以近乎「大地母神」的形象譽之。詩人聆聽、沉醉卻清醒地描繪之，從外貌的眉、眼、容顏，企圖用文字定格這幕渾然天成的景象：一個豐美引人的小宇宙。樂器在思容的妙音中，適得其所：「曼陀鈴找到了唱遊詩人／旅行的口琴找到他的篝火／青春吉他找到自己的脈動」，而唱者依然「在她的歌聲裡行走」，全然忘我地投入。結尾一行：「所有花朵擁著她的影子起舞」，儼然古希臘神話裡奧菲斯的行徑，歌聲琴聲所到之處，動植物皆沉醉著迷。特別該說的是，聽思容唱歌，「時空的共鳴箱旋出自由之風」；只有無約制的自由空間，才能孕育如此絕佳的唱遊詩人。

詩壇上，以畫入詩多，取聽音樂為題材少，如余光中1979年的〈贈斯義桂〉，佳作更難得。栞川這首詩不知有沒有獲得當事人的回應，或讀者共鳴？往後的知者，將會予以更讚譽的肯定。

卷四「在旅途中」有14首，為旅遊詩。詩人出遊歸來無詩，會是一場笑話。近年，台灣旅遊詩地誌詩增多，多少跟閃避笑話有關。旅遊詩的寫作，最好是點的捕捉，剎那閃現的驚喜，觸發韻味無限的感動。〈行經塔爾寺一僧舍〉乙作即是。

行經塔爾寺一僧舍

院落在日光中
寂靜的塵輕覆
只有莊嚴的經誦潺潺成河
流入那半臥狗兒傾聽的耳
寂靜的塵輕覆
院落在日光中
潺潺成河是那莊嚴的經誦
湧進半掩大門外旅者的心

今世何世
時間在虛空中來回奔流
我在哪裡
佇立無始以來的僧院外
與曬日的狗兒一起聽經

千分之一秒的機緣中
捕住了門內閃現的
僧影　彷彿穿越悠悠時空
匆匆行經又瞬間消隱

徘徊花間　攬住時光——讀栗川詩集《凝望時光》

意外留下的畫面　似乎
深藏著某種不可說的妙蘊

　　塔爾寺位於中國青海省西寧市的山坳中，是藏傳佛教格魯派（俗稱黃教）創始人宗喀巴大師的誕生地，也是藏區黃教六大寺院之一。此詩重點不在塔爾寺的建築或大師的描繪，僅僅著眼寺中一僧舍，不，是由僧舍傳出的誦經聲，不，是閃現的僧影。聲與影，組成這首詩的「妙蘊」。誦聲，「莊嚴的經誦」在遼闊的天地間，悠長迴盪，讓旅人動容。無雜音的肅穆裡，僧影，在「千分之一秒的機緣」閃現即隱，將遺忘「我在哪裡」的外人拉回現實：此時此刻，不只超脫式的禮讚佛菩薩，畢竟仍置身塵世。相機快門一閃，留下永恆的影跡。詩人在旅途中，走過多長的路，終於，瞬間領悟了「萬古長空，一朝風月」的禪堂機。

　　上述曾提到花。女人本身就是花，當然更離不開。文獻堆顯示：不少女人愛花成癖。包括拿破崙的約瑟芬皇后在馬邁松城堡（Château de Malmaison）有座「玫瑰園」，植3萬餘株玫瑰，250類品種。稱「花癖」，似乎不雅，我倒欣賞徘徊花間的心情。古中國有《花間集》，其實是五代後蜀人趙崇祚編輯的一部「詞選集」，收錄詞家代表人物有溫

庭筠、韋莊、張泌等詞作。法文的「詩集」也有類似說法：bouquet de fleurs，花束，即詩選集。徘徊花間，等同流連詩文學之間，勤於寫詩讀詩。以此回看栞川的詩作業，免不了與她的攝影連結，都在「定格」特殊的時間點，一者用影像，一者用文字，都在凍結時光，留住走過歲月的痕跡。順此，回看卷三，與輯名「凝望時光」同題的詩：

凝望時光

於是果實退回花朵
落葉回到青綠枝上
圓潤的雨珠跳響屋簷
馨暖笑語烘亮了窗影

所有的光彩　逐漸捻暗
隱入老屋斑駁寂深處
院落恣意荒蕪
青苔是唯一醒著的夢

歇坐在河流的某一站
遠眺青春的波光

激放水花串成了月光墜子

熾金焰芒收藏於詩頁保溫

匆匆昨日自眼前掠過

傾聽　拍浪的翅音杳然

凝望前方

果實散溢出熟郁橙香

心是拂過的那一陣風

此時

海靜闊　天很空——

　　此詩與〈挖掘〉有點類似，〈挖掘〉是定點靜態的動作，〈凝望時光〉為過去現在未來進階式的直線連續延伸。時光或歲月，抽象。無實體可見可觸摸，只能藉某物體或光影移位，感覺出它的變化。過往的一切，都在荒煙蔓草裡，唯「青苔」作證曾經的「光彩」；此時歇坐河畔，雖有詩頁保溫珍惜「熾金焰芒」，期待「拍浪的翅音」卻杳然，有點知音難覓，合鳴者何在之嘆。詩人偏愛的「翅音」一詞再次出現。對未來則抱以「海靜闊　天很空」的豁達，因為知曉了「果實散溢出熟郁橙香」，薰風吹拂的心，平靜怡然自得。

凝望時光，其實就是審視來時路，把握當下，更期盼即將的未來無所荒蕪。

　　閱讀這冊新書，抽樣細品數首，同時觀賞詩人的幾幅畫，還是有花。彷彿詩人用相機也好、文字也好、繪畫也不錯，就是想盡一切辦法，要將流連人間徘徊花間所見到的美，留住凍結封存！

2014.05.07

CONTENTS

卷四

在旅途中

卷一

鉢之華

缽之華

你從季節的深處走來
輕輕拂去髮上的殘雪
眉眼盡處　一片青蕪
貼近時我聽見
淙淙的水聲正漫向四野

意象的花朵繽紛盛開
在清淨河畔
你拈花　或者我拈花
都在三千世界的缽中
微笑

春天

一朵朵綻放枝頭
一葉葉茁長成山
一聲聲清亮水唱
一階階夢想雲梯
春天的心正——
拾級而上
尋向那生之光輝的所在

看花

一生是一次的花開

結蕾春風

吸吮那雨和光

華年瓣瓣　依次地綻放

從紅顏到枯索

歲月無情　加速飛馳

突然一聲落地巨響

是記棒喝的警悟

抑或仍是一場清夢

等待化泥

再一次再一次再一次的花開

直至醒來──

午后驟雨

盡情嘶喊　捶擊大地
偶爾發出幾聲雷吼

旅人行走在路上進退兩難
索性盤腿坐下
學一株草　一棵樹
任由風雨錘鑄如不動金剛

直至疊葉尖傳來
顆顆晶瑩珠亮的清響
推遠了風雨
滴下無邊的寧靜

天河的蓮

一朵蓮緩緩地升起
在水面　在心中　在天上
小小一缽世界
卻見上下穹蒼三千宇宙
蓮瓣輕展　攬無限清風
彈指間禪思閃爍
陽光捻花微笑　寂靜裡
有潺潺水聲自天河流來
相印人間一路傳唱──

蝶

一簾喃喃　訴說雨的心情
天空的臉很維特
寂靜撐出了幾聲鳥鳴
光影翻動一隻蝶　飛出
揣測山的高度
以及翼上濕氣的濃度
逆著風凝想鷹的眼神
纖細的身影在初冬清晨
欲雪的扉頁上
寫下起伏峻折的詩行

風

不再醉飲春光

不再掀起滿山譁然

不再追月　承載飄落的嘆息

不再結髮　天寒地凍裡牽掛

本是無形無影

何故沾埃惹塵

自由是我的名字

瀟灑是我的本色

我的存在

只憑一口氣

故園

春的跫音輕暖　　一寸寸地
摺收起寒冬殘留的陰影
金色音符遍地晃耀
和著古老歌謠
慵懶地趴在母親的心房
嗅索泥土與草花烘揉的馨芳
那記憶裡熟稔的乳香
鋪展開歲月珍藏的情節

年復一年春天如約叩訪
主角卻已然雙雙離去
寂寞故園在夢裡不願醒來

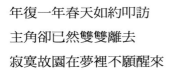

春捲

攤開白色的思念
先鋪層童年的糖粉
再夾入鮮翠的青春
摻一些歡笑的花生
把慈愛細切成絲
和著記憶一起炒香
復加入一綹長長的牽掛
最後灑上媽媽的味道
再仔細的包捲起來
沾著清明的煙雨
獨自默默地嚥下
一不留神卻卡在心上

白色的季節

五月的風
在報恩鳥的羽翼間騷動
——張起的愛之帆
紛紛航向祝福的港灣

我的憂傷朵朵　如雪
在欲靜的樹巔蔓延
在未止的心海漂泊

油桐獻出一樹清香的花兒
回報給大地母親
而我雪片般的思念啊
卻不知郵寄何方——

曇花一夢

山瞬間被渲染成迷離的水墨
一朵曇　輕裹滄桑
空懸葉梢低首沉吟
昨日曾經如何燦放的風華
那夜色中綻開的千瓣月光

橫在眼前的畫幅被煙嵐漸次吞沒
霧茫的白層層圍來
不覺打了個盹
醒時已是一片初生的黑
而垂掛風裡的曇依舊雪白

廣興山中老屋

夏日高高地盪過藍天

沸騰的蟬唱流逝於幽密小徑

驀然撞見那老屋

斑駁牆上陽光靜靜地閱讀

一頁頁都是難掩的滄桑

偶爾葉間打盹的風醒來伸伸懶腰

四覓無人　只有寂靜蔓延

想像如何的一雙夢想之手

才能在荒墟灰暗的歲月

重新彩繪美麗的童話窗口

夏日抒情

是誰
在山的綠箋上揮灑
酸藤的桃紅心事
相思的鬱金流光
鋪展出第二季的濃郁情節
而四季相銜　如是輪轉
於是
喧鬧的背後凝住一片寂靜
暖熱的風來回穿透虛空
時間的鐘聲敲了又敲
那人啊　醒了又夢

百合宿願

流光一截一截地剪落
閃爍於水面上的絢彩
夏日玫瑰的香息逐漸遠去
倦了回首
回首已然空茫如夢

傾聽空中回音
來自眾水之源的峰頂
風捎來高原神秘的花信

等在寧謐的微曦裡
含露的綠地似醒未醒
轉眼搖落　浴光中
只是靜默地
將素白的自己一瓣一瓣的開展

供花

曾經燦麗的容顏
在一杯清水之中
日夜　供佛

佛　燭照
如是芳美的一生
如風輕輕翻閱經文

那凋落之姿呀
以一種寂靜的絕美
直叩我的心扉

一枚蒴果

任料峭東風拂過

冷冷春雨飄灑

低眉立於楓樹枝頭

等待長長　長長的時光

或長長　長長時光的等待

等待　一個因緣會合

縱身一躍

落在我行經的車窗前

時間頓時凝止

彷彿領受一個莊嚴的啟示

一記穿越多少世而來的晨鐘暮鼓

翠微朵集

1

穿過薄暮而來

肩上仍殘留著陽光的氣味

打開山屋的靜默

一些細語在窗外窸窣

我把自己收起乾淨地摺好

那聲音已迫不及待波濤般湧入

只好高舉著我的心

使它不被淋濕

2

峰巒輕輕地拉上嵐被

晚禱的大地

只有禽鳥與雄蛙不休地對話

溪流放柔了歌聲

夜色中浮出油桐花雪白的夢

在簷角點起一盞燈

風塵漸息

誰　悠遠成山寺的鐘聲

3

時間

帶著沁涼的水意

流過詩的字句

在一朵開過的曇花

薄皺的瓣梢上　駐足

4

清晨醒來

身上佈滿了水聲

自嗚咽的心室發出

直抵裸露受寒的雙足

而流回的

皆成了藍調的音符

5

蟬聲濤湧

將我高高的舉起

如一葉小舟任意漂流

直至黃昏

才輕輕放下

不意又被另一波蟲唧沖走

此時

內外以及宇宙所有聲音
都等待著月光來安撫

6
陽光總在雨後現身
抑或
雨常躲在陽光的背後
伺機而動

雨和陽光輪班似的更迭
那被陽光舔乾的心野
瞬間又被雨淋濕──

7
千萬點雨敲響大地
命運的巨人　醒來

弓起了背

結實的臂肌起落間

轟隆的雷鼓便彌天蓋地而來

我赤裸裸地

成了一面鼓皮

無力抵擋

8

溪水激動

為了黃昏的一場雨

群蛙不厭其煩地相勸

山寺遠成了朦朧的光點

隱入黑暗中　我

該丈量夜的長度

或者追隨曙光的腳步

9

是雨是霧

貓　無聲落地

林深不知處

心念杵在哪一塊苔石

學老僧入定

卻拂不去滿身搖曳的影

10

從冬天到春天有多遠

早開的杜鵑

靜靜擁著雪的顏色

聆聽風的訊息

料峭中醞釀

瓣瓣皎潔的妙語

11

春的女神

戴著爛縵的花鬘

足踝上繫著鈴鐺遠近悅耳地輕響

金燦的笑到處閃現

一襲織錦彩衣

東風一吹　　便飄揚千里──

12

一隻蛺蝶深入花心

叩問童年

一朵雲坐在山脊上

無由沉思

一陣風穿過樹茂密青髮

回首　　已被桐花雪染白

桐花夢境

春雨無聲

雨紗終日深深地垂落
隱約山嵐　升騰而去
彷彿被天召回
依依雲袖
自萬樹的指間抽出
絲絲縷縷深深淺淺
都是輕愁

劃破寂靜
一群藍鵲飛來
以藍亮的音韻　血色的字句
上上下下左左右右
在油桐枯枝上吟哦推敲
佇立樓前的人一再解讀
啊！行行無非都是探尋

風輕輕地拂過葉盡的枝頭

水流悄然繞過群山冰涼的腳踝

而雨紗仍深深垂著　終日

只見疊葉尖的時光顆顆晶瑩

如鐘擺　滴落　滴　落……

大地沉眠的深處　想像

千千萬萬的種子在圓潤的起音中齊發

春天明美的眼睛正慢慢地甦醒──

三月素描

兀自守著清冷枝頭　最後的山櫻花
堅持為繽紛的季節寫下完美詩篇
而不識愁的杜鵑早已鬧成一片
將爛漫青春恣意地揮灑

一夕間　消瘦的溪水豐腴了
宏亮的歌聲吵醒了眠夢山谷
只有窗前那棵油桐不為所動
安靜地哄著　滿樹紅咚的幼芽
嬰兒一般蜷縮著吮著乳汁
在春天慈愛的懷抱裡
慢慢地──慢慢地舒展開來

那柔柔嫩嫩的小掌兒
怯怯地向我招手　衝著我笑

衝著我笑那千千萬萬新生的

粉粉的　小小的春天

微風

一陣微風盈盈走來
絢麗衣袂散溢著百花芬芳
柔藍領巾抖出翩飛彩蝶
荷葉滾邊波動著綠水清涼
金亮裙襬則旋出了滿山鳥唱

何處吹來　　那一陣微風
應是來自春天繽紛的心扉
帶著群山深情的祝福
當她輕輕地將我擁抱
如飲醍醐
一股甜香自苦澀舌尖漫開
滿身憂塵頓時紛然散落

一陣微風悄悄走過
在我喧鬧又寂靜的陽台

漫天散飛的花朵

遂化成一句句如鐘的偈頌

悠悠　懸在空中

三月即興

天　吐出暖暖金陽
山　吐出朵朵綠雲
樹　吐出百鳥歌聲
河　吐出幽谷心事

窗推出了滿眼的芳菲
芳菲喚來嬉戲粉蝶
粉蝶闖入了青春詩頁
詩頁翻動著那一年的風

風吹來奼紫嫣紅的笑
拉起千樹稚嫩的小手
又翩然攬住娉婷的三月起舞
卻一溜煙自指尖消逝無痕

綠繡眼和白頭翁駐足的枝頭
油桐花夢正在醞釀中
舔著春光的貓突然挺直了背
凝神靜聽歲月擦身而過的跫音

桐花夢境

五月佈滿黃梅味的溪水
流過夜色靜穆的額頭
一樹桐花秀逸的臉龐
山野盤坐　豎起了耳朵

捕捉越過草間葉梢幽微的蹬音
從歲月深處奔來
纖巧的腳踝
依稀繫著風的鈴鐺
足跡起落處開滿了雪白的花朵
相映著星燦的眼眸

眼眸流過更迭的四季
逐漸穿透自如
溪水終將載著落花遠去
無須沿河撈取

任由明朝山寺的鐘聲

敲醒　夢境裡飛花千尋

五月的山

千年桐雪白的舞鞋遺落何方
寂寞的風只好去掀開一樹樹
燦燃的金色相思　蔓延更遠處
酸藤靜披著一襲襲粉紅的花衣

年復一年　坐看夏日的山
蒼鬱中渲染的華麗
如水流深處迴旋的歌聲
歌聲一路揪著旅人的心

一隻紅嘴黑鵯來到我的陽台
左顧右盼之後　又飛走了
只見翅影上的露珠一閃而逝
當陽光隱去　黑夜來臨
又有什麼能夠留下──

無言歌

一樹油桐未及結蕊
枯黑芽葉擎起五月的憂傷
這被濡濕的黃昏
鬱鬱山巒輕覆著冷冷雲毯
溪流逐漸倦了歌唱
倏地一串蟬嘶　拋高
驚起了夏的翅膀

穿梭於叢草謐深處
誰捐著小小的燈盞　徘徊
放逐人間的星子
抑或歲月飄泊的眼眸
忽遠忽近安靜地飛遊閃爍
尋覓相同頻率是今世的密碼
錯過了——便成來生

油桐已凋

繁衍的光　明滅

意念在流轉的漩渦中

攀住　一朵上升的白荷

仲夏初曇

垂掛葉端——孵夢
謐暗的苞心
藏著天地
最後的一句偈語

逐日飽漲的夢是拉滿的弓弦

果然
在一個無人的夜晚
倏地飛出
羽化為千瓣雪
月光下皎潔的翩舞
之後　杳然無蹤

回首驚然
何時花事已了
垂皺的雪瓣微張著口
晃盪在風裡
連同山中歲月
我看見隨風流走的四季光彩
彷彿聽見了──那句詩偈

天芳夜曇

夜一寸寸地綻放

皎皎月光千瓣

頓時　風無邊地幽香起來

懾人的光華層層開展

一葉雪舟

自深心處划出

花柱迎風前引　只見

每一絲浪尖猶佇著一顆顆智蕊

心與眼所觸及

亙古以來無以名之的悸動

傳說中那三千年始一現

優曇缽花無限莊美之相

想像今夜

如與之晤會

即使在夢裡亦不能捨離

暗香

銀亮浮雕山形盒蓋輕鎖
抒情的陽台　　隱約
自縫隙間飄來
熟悉的一縷芬芳
如碎浪　　斷斷續續撲岸
如召喚　　波波潛入意識之海

一抹淘氣的笑藏在暗處
湊近清純的藍雪花
懷疑孤挺與薔薇
猜測朱槿、茉莉或者玫瑰
也許是睡蓮、海棠、白仙女蘭⋯⋯

終究尋不著答案
而芬芳依舊　　幽微如煙
彷彿穿越時空的漫遊者

在夏夜裡邂逅

一路牽引我

夢回故園的花舟──

中秋

月　在重重深深的風簾雨幕之外
預備點亮的節慶　黯然熄火
小小的島噤聲於造訪的不速之客

人　在寥寥幽幽的峰巒疊影之內
對峙著辛樂克的張牙舞爪
如靜睇一頭命運之獸的猖狂

盤坐於一瓣冷凝的水珠之上
任萬流千泉穿透黑夜穿過喧囂
抵達　思慕的彼方

那月　在郁郁青青的合歡樹梢
牽起的微笑　瀉落萬頃清光
漫溯光之河衣袂間散著熟悉馨芳

那人　在陶陶悠悠的笛韻簫聲裡
剝柚的手比柚子還清香
慈亮眼眸所及處歡樂綻放

搖晃於飄搖的風雨濤聲中
低頭望見自己如一滴水珠盤坐
而黑暗　只及於身之外

秋山漫吟

風　幽吐著濕腐的氣息
厚厚的足跡與落葉相擁化泥
山徑蜿蜒著蕭靜
卻被輕巧奔躍的流歌撞破
只見一閃銀亮的身影
在闃暗的林間
在歲月寂寂的甬道旁
一座飽經風霜的古厝
靜靜攤開一頁滄桑的歷史
茅草與野菊爭擠出門口相迎
垂掛石窗前的人面蜘蛛
禪定般守候誤闖的訪客
如我　在時間的巨網裡迷走
一口吞下原是虛幻的重複劇碼

轉身間　只見一白衣素顏女子

濯足水岸兀自散著清芳

猶一隻雪蝶闖入眼簾

牽引出成千上百的野薑花

醉倚溪畔迤邐成嫋娜的花河

只是　一陣風過

轉眼又紛紛化蝶飛去

當繁華翻盡

還有誰趺坐水湄

素顏白衣默默參讀

依舊空寂靜定的山林

迴

如風中飛行的一片葉子
俯瞰深謐山谷燃著人間燈火
仰眺遼闊星空閃爍記憶光芒

這山居陽台
浩渺時空裡的一個點
懸在天地間的一滴清露
不由自主地隨風晃盪
映現的光影瞬息萬變
遂看得癡迷了
而緊緊擁抱的世界
總消逝於朝陽升起之後
又會在另一個黑夜裡蘊生

或者垂掛成花間的一只蛹

禪坐無邊黝靜

聆聽生死亙古以來不休的對話

當蟄伏的黑翼紛紛擦亮天際

流瀉的光

破蛹而出舒放的翅膀

佇立清晨微啟的瓣尖上

採集花香如甘露

這裡那裡　遍灑大地──

曉霧

迷走的霧

貓輕靈的腳步

躍過了山巒

跨過了溪水

歇在樹叢間

長長的衣袂無聲飄落

天地覆在層層帳幔裡

推開窗

推不出濃密的紗幔

白茫寂靜深處旋著

山水的囈語

敲夢的鳥唱

世界在霧的懷裡沉眠著

而霧在自己的夢裡遊走著

只有窗下
一朵醒來的貝絲玫瑰
獨自挺立在霧境邊陲
堅持不被那莫名的白淹沒
微啟的嫣紅
除了還以一點顏色
似乎正在訴說著什麼

冬晨之羽

瘦成一片囈語的冬
迷濛地佔據了每一座山頭
寂靜沉甸得掀不動
只有霧　有意無意的遊走
只有雨　如針似線的編織
只有人　忽醒忽夢地張望

站在薄成底的日曆上
時間於冰涼的腳下潺潺放歌
擺盪的小舟還在長河裡
看一生寫在雲箋上
看名字消隱於風中
看果實墜落於塵土

倏地一片白羽自樹叢中飛起
穿梭於茫茫的嵐靄煙雨中
悠然自在地飛翔
不被打濕的雙翼如是輕盈
那來去瀟灑的身影
彷彿天地間一聲清亮的回音

卷三

凝望時光

十一月

關於玫瑰的誕生
關於藍雪花的抒情
關於睡蓮的紫夢
關於孤挺花的宣言

於是臍帶尋找彼端的芬芳
於是眼睛穿過星垂的曠野
於是履痕被鐘聲熨平
於是滿口的風　吐不掉

那麼就嚥下吧
如大海吞沒落日
群峰咀嚼明月
空花揚起又飄落
化泥於大地的心腹

影子隱入秋天的邊陲

黑暗縫隙裡有微光透出

也飄來遠方的風雪

禪坐在十一月的枝梢

寒鴉　冷眼一切

問

游移的烏雲朝向何方
雨的腳步如此踉蹌
拉扯綠髮的風歇斯底里
世界　何以這般張狂
蟬聲蟬聲能唱到幾時

山越走越深瑟瑟寂寂
水越流越遠茫茫蒼蒼
歲月在密林間悄悄染霜
天地　何以這般靜默
黑蝶黑蝶找尋花心的芬芳

眼底的光走不出幽谷
舌尖的苦蔓延入海
心野的荒荊棘遍佈

生命　何以這般飄蓬
露珠露珠千眼閃爍

是否雙足深陷泥地
痛苦的觸鬚才能長成根
是否風雨飄搖的心
擺平了才能生出菩提
是否是否
那如蓋的綠蔭
就能印證了一生的真諦

過程

獨舞如月之魂
瓣瓣是詩是夢是光是神
舞出萬千風華的曇
深解黑夜之必要

繽紛似雪之靈
點點是苦是痛是淚是血
錘鍊出逸香清韻的梅
證明嚴寒之必要

蔓延猶苗之火
葉葉是盼是望是恩是禱
燃亮生命原野的春
知道荒寂之必要

因此　滄桑之必要
在歲月深暗的皺紋裡
山山水水的波折中
或許能有一抹
雲淡風輕的微笑當註腳

落葉與蛛網

墜入於這面風網

是意外　抑或注定

寂靜如鏡

映照已然枯槁的容顏

此刻只想深深地把自己

捲起　如一枚蕾貝

海潮音已邈

這牽繫交織的絲網

是正好安眠的八卦床

至於紅塵

以及曾經青綠的一生

已在千山之外

至於夢

似湖上輕揭的晨霧

緩緩散入青空

等待另一次的捕捉

或者被捕捉

水上的曼陀羅花

日日俯看　流旋的水中
容顏從未能清晰映現
溪水帶著殘影
急促地穿過濕暗山林
走入梅雨季節深處

貼近　再貼近
佇立岸邊垂首向水鏡
遠處大冠鷲正翱嘯過峰頂
迴盪的時間流裡
隱約那一朵雪白在風中搖擺
凝視波中旋入又旋出的影子
偶爾被濺起的水花打醒
滑落頰上的珠滴
誰能把那灼燙化為清涼

隨著水珠　墜入

墜入　穿透湧動的波流

背後竟是一片澄明的靜寂

於是不再隨波沉浮

越過流動的水面

終究照見潔白美麗的自己

再度浮出　皎皎如月

曼陀羅花在水之上　在水之下

自由的靈魂攀住大冠鷲的羽翼

於時空之中恣意遨翔──

凝望時光

於是果實退回花朵
落葉回到青綠枝上
圓潤的雨珠跳響屋簷
馨暖笑語烘亮了窗影

所有的光彩　逐漸捻暗
隱入老屋斑駁寂深處
院落恣意荒蕪
青苔是唯一醒著的夢

歇坐在河流的某一站
遠眺青春的波光
激放水花串成了月光墜子
熾金焰芒收藏於詩頁保溫
匆匆昨日自眼前掠過
傾聽　拍浪的翅音杳然

凝望前方
果實散溢出熟郁橙香
心是拂過的那一陣風
此時
海靜闊　天很空──

挖掘

向時光深處挖掘
翻出了那一年的蟬聲
你容顏佈滿了樹的笑靨
串串金雨無邊飄飛
阿勃勒　乘風的身影
在我空蕩的指間穿梭

向歲月的曠野挖掘
不斷翻出的字字句句
在耳畔輕柔低語
深埋土底的花花葉葉
蒲公英　流浪的足跡
在我回憶的指間甦醒

向無常的心原挖掘
珍藏的雪月風花
原是來去雲影生滅朝露
舟行水上拍舷的波痕
青蓮花　瑩澈的話語
在我伸出的指間閃爍

蟬

端坐在綠浪之上
引吭　是身不由己的此生
激昂的聲波從這山漫過那山
深入夏日鬱鬱森森的海洋

沿著彎曲的海岸線尋尋覓覓
彷彿流浪了生生世世
回首卻又短暫如朔望
多少悲歡情節追逐著沙上足跡
終究消散於吻退的水波裡

一再拋高的聲線紛紛落下
在綠濤深處　激起耀眼的水花
寫就了生命樂章之後
就交給季節的風去影印
那滿天揚起又飄落的秋葉啊

這又是第幾度的蛻殼
端坐在芸芸眾滔之上
千生祈求　千聲呼喚
逐漸悠遠於宇宙的潮汐之外

窗景

往昔歲月的精華章節
——停駐在窗格上
透著悠遠的光　靜默
每段故事裡都聽得到花開的聲音

千百回的花季過後
我仍在這裡
咀嚼今生的風景
看潺潺水流紋身
彼端悠悠地溯向前生
而此端正滔滔奔往來世

一抹金光流漾於窗檯上
戀戀如訴——來日方長
輕輕合掌掬水
洗去眉睫上的霜霧

打開窗

發現　眼前已是春天

聽思容在唱歌

那眉　從容飛翔的雙翼
在輕覆與揚起之間
挑動著生命諸多悲喜

那眼　越過世界的繁華喧鬧
凝住在故園素樸的月色裡
握住了一把鑰匙　開啟
蟄伏身體與靈魂中的音符
紛紛自深亮的窗口飛出

於是　那容顏呀
流映千古悠悠的雲彩
波動歲月深謐的細潮
自轉成一個豐美引人的小宇宙

曼陀鈴找到了唱遊詩人
旅行的口琴找到他的篝火
青春吉他找到自己的脈動
而她在她的歌聲裡行走

走入大地溫暖的心懷
走出一座茂鬱的花園
時空的共鳴箱旋出自由之風
親吻甦醒的清露
所有花朵擁著她的影子起舞

回望

已經逐漸走上寧靜的沙灘
坐在岸邊　靜看月光下的海洋

整個午后卻被一波波的浪潮迎面濺濕
退去的歲月紛紛乘著醒來的情節湧來
我再度重溫一個女人走過的路

瓣尖上細緻的醒覺與絲質的思維
花身裡棲著相異的靈魂
她們互相注視、交換
即能快速找出共通的心靈密碼

其實
月亮與太陽的交集地帶
太陽的熾芒溫柔成月光
而月光的女人醒來便成了太陽

夢想背著吉他行吟天涯的女孩
多年後另一個女子實現了它
女人互相完成彼此未竟的夢
她們手拉著手不斷的傳承與繁衍

注：女書店聆聽女性詩空間對話後記。

蝴蝶夢境

——觀Sigitas Staniunas畫展Chi Butterflies有感

守住最後的一方淨土

歸返之蝶自由翩飛

於林茂葉密叢花層疊之間

絢麗的靜寂　靈思湧動

在宇宙的花影下滴落

成露　成光潔晶純的珍珠……

只是啊

那蝶張開彩翼卻凝止

那人佇立大地卻想飛

是蝶化人

抑或人化蝶

只聽得一陣笑聲穿越時空而來

二千多年前的莊周想必知道答案吧

夢中得以完全化形

醒時只見半蝶半人

靜默的身影充滿各種言語

臉龐隱約有一雙眺望的眼睛

把夢想摺成一面風帆

沿著河流方向抵達神秘的海域

光亮的彼岸是覺者的故鄉

所有的顏彩諧調成一種祥和

所有的聲音都逐漸安靜下來

遠處　萬塔之城的鐘聲梵音

一波波化開薄靄

金燦暉光流漾於蒲甘的林地

回首　人與蝶俱消隱無蹤──

最後的鬱金香

於是杯子開始飛翔
穿過生活的屋牆
容顏映照著風姿雲影

在接近河流的盡頭
聚集著閃爍星點
有遙遠的歌聲
喚醒了沉睡杯底的魂
解咒的精靈
紛紛釋放而出
在眩人的光點中兀自起舞
以自由的旋律
舒展　迴旋　飛躍
彷若醉飲時間的醇酒
微醺中忘情地舞出自己

原來杯子解構之後
火的本質　風的化身
燃盡最後的光與熱
一瓣瓣恬然飄墜之姿
仍然瀟灑如不繫舟──

洄游

位子靜靜地在那裡
泊在時間的海洋
有人剛離開
或者正在等待
故事就這樣鋪展開來──

從劃開黑夜的第一線曙光
從鑽出荒地的第一片芽葉
從脫離子宮的第一聲嬰啼
等待的位子開始有人入座
春天的園丁巡視著新生的領地
右手握著太陽　左手提著甘霖
把夢想植成一座繽紛的花圃

雲　飄遊敻邈的天空
帆　張起於浩瀚的海面
人　行走在生命的大道
在煎煎烈烈的驕陽下揮汗
拔除挫折的雜草　施灑堅持的肥料
夏日的園丁以耐力護守一片青鬱的園地

當紛飛落葉攀住光陰的背脊
旋迴　傾聽那根著深處底呼喚
來自大地母親的心懷
來自星光背後的謐寂
秋天的園丁終於懂得等待
讓每一棵樹長成它自己
用愛成全一座金色的果林

凋落的黑影句點般寫滿大地

有一種慈悲以雪之翼

天使般輕柔地覆蓋——

冬天的園丁

靜靜地走過一一空了的位子

深知撤走的將以另一種形式新生

猶如那古老的魚種　縱使天涯浪跡

總能藉星光與氣味分辨出故鄉的河流

把生命之旅走成一個圓

有人　剛離開　或者正在等待

於時間的海洋

位子靜靜地泊在那裡

在穿透歲月溫暖的光之中

根本

所有的根系都追尋水流方向
所有的花葉向上書寫著夢想
誰輾輾地踩踏四季的輪軸
彷彿隔著黑色披風
魔術師手中幻化出的繽紛世界

觀眾看得眼花撩亂
渾然忘了探索披風下的究竟

轉動的輪軸忽快忽慢
只有履痕知道

總是伴隨著潺潺水聲
黑暗中盤腿
傾聽一呼一吸之間
最真實也最虛無的存在

在旅途中

在旅途中

光之石滑過河面輕輕地
留下了吻痕，時間凝止
青春嫣然盪開
四季顏彩向上繽紛舒展
撐開了一樹的夢

路上　在路上
路有多遠　一生就有多長
每一剎那瞬即成光閃的點
花在框內框外不斷地綻放
果實於風中逐漸熟透
之後　之後……
澆夢的人去了哪兒

划行彼特湖上的詩

一片柳葉落入湖心
在水流中慌亂的迴旋
幾番摸索之後
終於穩住了前進的方向

只見漂游的水草千手招搖
將柳舟接引
忽而是東方水墨的寫意
忽而是西方油彩的清麗
屏息划向畫幅的舟兒著迷了
那雲抹的天空是在上或在下
那嵐染的山巒在水面或水底
那人如一尾魚悠然穿梭於上下之間

明澈水中浮紋的沙箋已展開

兩岸野花上下鑲邊

舟影沿河寫下微醺的詩行

以王羲之書蘭亭之姿

古樸流木是標在沙箋上的驚嘆

髮藻華麗地隨著字句起舞

在音節與音節之間落下韻腳

於是有歌醒來　尋夢

撐一支長篙向青草更深處漫溯……

徐式的浪漫與離愁　頓時

猶蜻蜓輕輕地點撥水弦

而盪開的漣漪呀終究消隱無蹤

掌舵的　一聲嘹亮的吆喝
貪看風景的人猛然回神
慌忙將打轉的柳葉兒
穩住　歸去的方向——

注：2008年夏與兒子至加拿大旅遊，詩友王祥麟帶我們去溫哥華近郊
　　的彼特湖（Pitt Lake）泛舟，歸後記。

霧境

一葦繫念的小舟
划入茫白的水煙深處
沿途打撈
童年遺落的紙鳶
青春未完成的詩句
旅途中滑落髮梢的玫瑰
以及風樹間慈烏繞迴的啼影

霧輕輕地漫過來
時間輕輕地漂過去
野店的燈亮起
夜鷺掠過沙洲
手中的杯子逐漸盛滿了霧
音樂依舊踩著微醺的拍子

成為霧境中的風景

那是很久很久以前的事了

此時此刻　眺望的眼神

似有所思

卻又一無所思

我們舉杯飲盡這滿山的煙雨

在歲月的迷境中醒來

互祝　花依然靜好

望海

窗推出了海

海迷住了窗

自灰亮天際一波波湧來

低沉而深情的呼喚

舔上沙灘　潺潺淹入

漫過窗前佇立的足踝

紋身般襲捲而上

終自髮間散開

一屋子濕濡的回音

失去陽光的海　顏色灰蒼

眷戀那耀眼的蔚藍與雪白

猶如眷戀著明麗的春光

在起伏的波浪間跌宕

驀地發現黯然的海心呀

竟默默織出了一疋彩緞

細緻七巧的針法
豐美內斂的色調
在淺灰罩紗下如是優雅動人

於是岸樹站成了一種曠達
那女子站成一幅織錦的畫
曖曖煥著深美色澤
縱使黑夜將臨
窗看到海幽邃的光采
而海拓遠了窗的視野

在青海湖畔

因為離天空最近
聖潔的妳碧澈藍眸閃動著
天使光芒　千萬白羽飛起

因為離太陽最近
圍繞妳頸項的金燦花巾
在夏日裡飄揚著　熱情的低語

成列的雲朵捧著雪白的哈達
虔敬地等候　在天邊在水際
等候妳吉祥的祝福
當風兒再度吹起
流浪的耳畔依稀有頌歌相伴

而我在靠妳最近的地方
聆聽潔淨的言語一波波地湧來
在金色的沙粒上
在我跋涉千里的足旁
默默地拾起
夾在空白的菩提詩頁裡

啊！在靠妳最近的地方
我手中竟沒有雪白的哈達
新染的鮮黃花布還零散地晾在湖邊
我只能匆匆地掬一朵藍
在轉身離去的剎那
別在離心最近的襟上

在坎布拉遇見黃河

那謫仙詩人沾著微醺的酒氣

大筆一揮　頓時

黃河之水自天上奔流而下

千年來蜿蜒於人間

不覺風沙滿面　濁浪滔滔

行過歲月的坎坷與康莊

攬一身霜風埃塵

遂成為你流落世間的容顏

坎布拉　丹霞的故鄉

在連綿起伏的奇峰上

鏤著大地最璀璨的詩行

媲美瑤池祥雲　青蓮的豪逸

驀然間　我遇見了你
彷如赤子般的純淨
遂在你的名字中逆溯　逆溯
只見所有的河流不斷地奔回
奔回那最初的峰頂

我彷彿聽到雪融後的第一滴春泉
循著麋鹿的蹄痕　喚醒
第一莖柔綠　第一朵新花
那開天闢地的一抹微笑
霎時淨滌三千世界
人間亦是天上
源頭　如此地明澈無比

行經塔爾寺一僧舍

院落在日光中
寂靜的塵輕覆
只有莊嚴的經誦潺潺成河
流入那半臥狗兒傾聽的耳
寂靜的塵輕覆
院落在日光中
潺潺成河是那莊嚴的經誦
湧進半掩大門外旅者的心

今世何世
時間在虛空中來回奔流
我在哪裡
佇立無始以來的僧院外
與曬日的狗兒一起聽經

千分之一秒的機緣中
捕住了門內閃現的
僧影　彷彿穿越悠悠時空
匆匆行經又瞬間消隱
意外留下的畫面　似乎
深藏著某種不可說的妙蘊

在鄂爾渾河畔

多少世的呼喚

讓我飛躍了萬水千山

終於來到了你身旁

聆聽　你古老而深沉的歌唱

波波如浪輕柔地撲上我悠遠的心岸

閉上眼　隨著你匆促的步伐

逆風行走於水之上

彷彿歷經千百劫的流轉

醒來　身在夢土邊陲

只見一列白楊相迎

風吹過　棲在樹上的綠蝴蝶

便拍動天空簌簌地翻飛

哈爾和林　高原之夜
氈房是眠在草原上的雲朵
而我是眠在雲朵深處的露珠
隱約聽到紛然展開的羽翼
披著月光漫天旋舞
輕輕覆上我寧靜的夢土
而遠處有你　千年以來
未曾停歇的深情歌聲──

草原上的野餐

你聽到那越過草尖輕柔的呢喃嗎

自天地盡處一波一波地湧來

彷彿穿過了歲月的雲影

掠過時間長長的髮梢

流入耳畔　光閃的波動

是大自然的樂音或者是密語

人　遂飄然地追隨綠浪遠去

天空鋪上了遼闊的藍讓雲翻滾

大地鋪上了蔥美的綠讓風嬉戲

我們鋪上織錦的紅毯作為餐席

左手捧著感動　右手夾起新鮮

每一口都散溢著詩的芬芳

每一陣笑語都寫著驚嘆

而飲下的是香醇難忘的情誼

在這遙遠的夢想之地

來自世界各方的旅人

讓探索的腳步在草原上悠閒散開

我彷彿看到大小不一的點

被無形的線連成今生的緣

遊走於無來處亦無盡處茫茫宇宙間

如一枚浮塵的我　低下頭時

卻發現綿延天際的草原正在腳下

那一年夏天

多年後　細細地描繪

寧靜落在Fort Langley小鎮的午后

陽光烘暖了牆

常春藤沿著記憶蔓延

想像門打開之後的光景

一轉身卻發現歲月回眸的眼神

如此地欲言又止——

多年來　未曾停歇的旅程

不斷流動的人與明美風景

終將漸漸遠成了淡墨

一個人於光影之中起舞

在人間舞台上旋進又旋出

於聖潔的殿堂前　歇止

多年之後　終於明白

原來　風是水的顏色

水是風的行跡

旅途上的步履呼應著心的節奏

厚疊的回憶是滿天散落的雲

隨手摘取皆成流光

只有指間殘留的陽光與花朵的氣味

隱隱地將那一年的夏天留住

天馬行空

一坏黃土
靜靜覆著一個王朝
曾經的繁華
曾經的雪月風花

千年前的馬蹄聲
答答地奔躍
所有的笙蕭軟歌
所有的愛恨情仇

大陵苑內的冬木
留不住任何一片葉子
伴著一座座的土丘

風走過

輕得不留下一絲痕跡

※韓國慶洲古都的天馬塚

飲馬晨光

這裡是藍天的國度
雪白的雲朵舒展又捲起的詩箋

彷彿闖入了影片唯美畫面
那青春編織的動人章節
金燦的光羽無聲地撲落
吻亮朝露繁花織錦的草原
或聚或散的馬群
靜靜咀嚼芬芳的清晨
健美身影映著發光的河水

河水般流著的奔騰血脈
任蹄痕翻越了萬水千山
總在孤寂的夜裡啣著星子
把故事一一鋪陳

讓月光去解讀

這一路蜿蜒的星圖

多少次回首

紅塵山河逐漸渺遠

心靈草原上奔馳的野馬呀

終於聽到了呼喚

當風吹過貝多樹的葉梢

寧謐　向著更深處的光前行

白音戈壁途中

山躺在草原上
雲躺在山上
歇在夢裡的那人
不知此生是雲
下一刻風起
又將被吹散　　如幻如化
漂流於永無止盡的時空

水月流光

之一

那一年水聲流過青春的髮茨
望湖的女孩將夏日最後的玫瑰
一瓣瓣地放逐　如舟
如夢航行於耀眼的波光之上

那一年長髮輕綰的女子
飄動著一身清靈優雅
踏進這城市一隅的花屋
裙襬輕輕揚起盡是秋水漣漪

漣漪　盈盈盪開
十五載水域上行吟的詩篇
題罷卷首詩　挽起花籃
安靜地走入那一個光輝的日子

從來是隻不羈的漂鳥
掠過亮燦的水波　自在遨遊
那女子的呼喚定是有魔力
她的水域成了我最初的棲息地

之二

隨著水的足跡蔓延

從東北到新義州

大孤山參天的古柞林　遐想

溫柔之夕挽著夢境嫣然迎向飛雪

日出的鹿島微笑的巴音博羅

喚起沙灘上一長串蜿蜒的詩句

還有北韓關口那一顆道別的梨

似曾相識重逢無期的前世兄弟

一九九八年春天我們開始織夢

夏季的大草原上將有一場盛宴

於是從烏蘭巴托到呼和浩特

特勒吉騎馬的英姿定格在時光裡

純真的花束芬芳了藍色的清晨

而浩浩湧動如波的蒙古草原

被二十五歲的燭光點亮

來自各地詩的孩子

月光下紛紛投入母親的懷抱

水的旅程不曾停歇

流入雲南的風花雪月

在哈尼族姑娘眺望的依依中

將激灩的詩情揮灑於滇池

寫古雅的風韻於麗江古城

而秋水詩冊就留在秀逸的瀘沽湖畔

至於洱海泛舟　掬月光之歌

蒼山繞雲　築詩園之夢

皆是一頁頁無以倫比的美麗紀事

緣於石河　足跡又冒險西行

克拉瑪依吃西瓜的滋味已透入了記憶

魔鬼城風刀雕琢之石依舊靜立案頭

高昌故城買的長袍仍掛在時間的衣櫃裡

而天池畔的倩影框住了悠悠水鏡

伊犁河上的歌聲就留給黛綠的夏季吧

喀納斯湖迎風的豪情穿過蔥鬱的昨日

啊！昨日光波上閃爍的歲月流金

隨著她豐美的水域走出了動人的風景

※1998年《秋水詩刊》
　25週年蒙古詩之旅，
　與涂靜怡大姐合照。

之三

旅行回來　日子依舊在詩句間遊走
她細心地收集每一片駐足的波光雲影
悄悄於水域上空掛起了一彎彩虹
彩虹上繫著她的詩屋夢

就在那片藍天之下
我順著她手指的方向
聽到聲音正與春天一起抽芽
於是我們開始想像如何摘星
尋來一塊塊的磚踮起腳尖
夢的眼睛卻仍高高的在遠方眨閃

縷縷愁霧逐漸於眉眼間落下
曾獨自撐過生命中無數波浪
向來傑出的掌舵者
捲起婉約的衣袖埋首人間的水槽
以汗水煉鑄微薄的片瓦
一枝梅影肩起整座詩的屋宇

世界聽到了她的心願
紛紛伸手共築美麗的家園
當風雪自簷下慢慢撤走
水流繞著屋子愉悅地唱歌
她推開繁花織錦的春天
將摘下的星鑲在光輝的詩屋之前

之四

飛綠的葉子終將飄落於大地
綻放的花朵恬然於凋謝化泥
風　傳遞著四季生滅的訊息
於是河流倦了投向大海的胸懷
歲月老了只見雲淡風輕
關於詩就交給生活去書寫吧
或者沿著霜白的髮茨閱讀
此生已然圓滿完成的美麗故事

當年望湖的女孩
行走在清淨的經文裡
看蓮花一瓣瓣地綻放
如渡海的般若之舟
當年長髮輕綰的女子
瓶插一室芬芳的早春

輕掩門扉　盈盈
走入山城煦亮的暉光之中

是的　書已翻到了末頁
劇情也演到了結局
美夢成真之後
觀眾癡癡地望著緩緩落幕
此後關於秋水的故事
就留給參與的人細細去回味吧

世界的舞台從不曾停歇
幕落　幕起
把掌聲留在群山之外
她們笑談於桐花飛雪的小徑——

註：詩記與秋水詩刊主編涂靜怡大姐結緣三十載。

後　記

　　回望來處，有好長一段青澀時光處在悠忽的眠夢中；或者高高自閉於文學的象牙塔，孤芳自賞仿若空谷之幽蘭。及至世界在眼前展開，浪漫的足跡踩遍了大山大水人間勝景，隱約似乎還能聽到那如鼓的心跳與奔放的歌聲。

　　這期間不變的是：從未曾放棄對生命理想的追求與實踐。而懷抱夢想其實是用來平衡日常生活的繁瑣庸碌，總不由自主的在日子縫隙中，緊握一枝筆不停地與自己對話，因而這些詩句無非是為了證明曾經的呼吸。

　　從奔放的海不覺地走向沉靜的山，心慢慢淨定如玉，山居歲月寧謐悠緩，與遠寺的暮鼓晨鐘日日相和。偶爾仍愛去看海，看那一段織夢飛揚的日子──年輕的海總是眺望遠方，舟中攤開的藍圖佈滿了閃亮星子；而中年的海在恬澹的沙灘上，看一匹匹如鬃的白浪競相跳躍奔逐，終歸撲落於時間的沙岸。喜愛赤足漫步月光下，看遠處漁火點點，任柔軟的沙粒在腳下囈語，海很深闊，天很夐遠，時空則充滿著起伏的浪濤聲，不變的節奏悠遠成曠古……彷彿置身在永恆的

時光海岸，聆聽歲月的潮音遠了又近，近了又遠——

　　《凝望時光》一書，收錄2007年至2014年間於副刊及詩刊發表的作品，略分為四卷，彼此實亦有所交集：卷一《缽之華》為十三行以內的短詩集；卷二《桐花夢境》屬自然抒情之作；卷三《凝望時光》則為藉境向內思維觀照；卷四《在旅途中》為旅遊他方之心情。感謝莫渝前輩慨然應允為拙作寫序，也謝謝秀威宋振坤先生，讓本書得以美麗發行。

　　　　擺盪的小舟還在長河裡
　　　　看一生寫在雲箋上
　　　　看名字消隱於風中
　　　　看果實墜落於塵土

　　一路上奔越過無數的繁花夢蝶，所有繽紛的顏彩已然慢慢退去，生命抵達了另一個新境，回望旅途中的華年勝景雖堪記取，卻不再有過多的眷戀。我仰望那峰頂的光，溯流而上，試圖尋找最清淨的源頭，任輕盈的足跡隱入群峰之中。

　　　　當繁華翻盡
　　　　還有誰趺坐水湄

素顏白衣默默參讀

依舊空寂靜定的山林

　　若是此生必定要往更深的山野行去，讓冰涼潔淨的清泉沉澱浮塵；往更深的心海探尋，讓安靜的畫筆細細地描繪。隱成一片書寫四季容顏的葉子，一陣怕吵醒山林囈語輕得不能再輕的風。那麼，我即將啟程，行走於此路上。

於花園新城

讀詩人57　PG1241

 凝望時光
　　——栞川詩集

作　　者	栞　川
插　　圖	栞　川
責任編輯	劉　璞
圖文排版	楊家齊
封面設計	蔡瑋筠

出版策劃	釀出版
製作發行	秀威資訊科技股份有限公司
	114 台北市內湖區瑞光路76巷65號1樓
	電話：+886-2-2796-3638　傳真：+886-2-2796-1377
	服務信箱：service@showwe.com.tw
	http://www.showwe.com.tw
郵政劃撥	19563868　戶名：秀威資訊科技股份有限公司
展售門市	國家書店【松江門市】
	104 台北市中山區松江路209號1樓
	電話：+886-2-2518-0207　傳真：+886-2-2518-0778
網路訂購	秀威網路書店：http://www.bodbooks.com.tw
	國家網路書店：http://www.govbooks.com.tw
法律顧問	毛國樑　律師
總 經 銷	聯合發行股份有限公司
	231新北市新店區寶橋路235巷6弄6號4F
	電話：+886-2-2917-8022　傳真：+886-2-2915-6275

| 出版日期 | 2015年2月　BOD一版 |
| 定　　價 | 200元 |

國家圖書館出版品預行編目

凝望時光：楚川詩集 / 楚川著. -- 一版. -- 臺北市：釀
出版, 2015.02
　　面；　公分. -- (讀詩人；PG1241)
　BOD版
　ISBN　978-986-5696-57-3 (平裝)

851.486　　　　　　　　　　　　　103023042

讀 者 回 函 卡

感謝您購買本書，為提升服務品質，請填妥以下資料，將讀者回函卡直接寄
回或傳真本公司，收到您的寶貴意見後，我們會收藏記錄及檢討，謝謝！
如您需要了解本公司最新出版書目、購書優惠或企劃活動，歡迎您上網查詢
或下載相關資料：http:// www.showwe.com.tw

您購買的書名：_____

出生日期：_____年_____月_____日

學歷：□高中 (含) 以下　　□大專　　□研究所 (含) 以上

職業：□製造業　□金融業　□資訊業　□軍警　□傳播業　□自由業
　　　□服務業　□公務員　□教職　　□學生　□家管　□其它_____

購書地點：□網路書店　□實體書店　□書展　□郵購　□贈閱　□其他

您從何得知本書的消息？

　　□網路書店　□實體書店　□網路搜尋　□電子報　□書訊　□雜誌

　　□傳播媒體　□親友推薦　□網站推薦　□部落格　□其他_____

您對本書的評價：（請填代號　1.非常滿意　2.滿意　3.尚可　4.再改進）

　　封面設計____　版面編排____　內容____　文／譯筆____　價格____

讀完書後您覺得：

□很有收穫　□有收穫　□收穫不多　□沒收穫

對我們的建議：_____

_____

_____

_____

11466
台北市內湖區瑞光路 76 巷 65 號 1 樓

秀威資訊科技股份有限公司　　　收

BOD 數位出版事業部

....

（請沿線對折寄回，謝謝！）

姓　　名：＿＿＿＿＿＿＿＿　年齡：＿＿＿＿　性別：□女　□男

郵遞區號：□□□□□

地　　址：＿＿＿＿＿＿＿＿＿＿＿＿＿＿＿＿＿

聯絡電話：(日) ＿＿＿＿＿＿＿　(夜) ＿＿＿＿＿＿＿

E-mail：＿＿＿＿＿＿＿＿＿＿＿＿＿＿＿＿＿